Impressum:

Copyright Text:	**Lukas Kohn**
Bild:	**Quelle: Canva**
Verlag:	**Lukas Kohn**

Lukas Kohn

-

Der Glockenturm

-

Roman

Vorwort

Mein Name ist Sophia. Ich habe Flügel. Ich kam mit ihnen zur Welt.
Sie nennen es einen genetischen Defekt, meine Eltern nannten es ein Wunder.
Dass ich etwas Besonderes bin, lernte ich früh, schon im Kindergarten fürchteten sich die anderen Kinder vor mir. So blieb ich stets allein, ohne Freunde oder Geschwister. War allein mit meinen Flügeln, himmelblau mit weißen Adern und im Dunkeln erhellten sie die Nacht. Wann immer da kein Licht war, begannen sie zu leuchten.

Ich wurde älter und meine Flügel wuchsen mit mir. Schon bald kam ich in die Schule. Ich lernte die Flügel zu bewegen, doch das Fliegen lernte ich nicht.

„Du Vogel.", sagten die anderen Kinder zu mir.
Ich wollte dann immer gern davon fliegen, waren die Flügel doch nur zusätzlicher Ballast.
In der Schule war ich gut, nur in Sport hatte ich Probleme.

„Sie wiegen 15 Kilo.“, sagte der Arzt. „Die Flügel meine ich.“
Damals war ich zehn Jahre alt.

Heute wiegen sie 35 Kilogramm und noch immer empfinde ich sie als Last auf meinem Rücken. Ich kann meinen BMI nicht errechnen, die Leute sagen ich sei schlank, doch die Waage zeigt etwas anderes. Ich wiege 96 Kilogramm, bei einer Größe von 1,62m. Für eine Frau meiner Größe ist das starkes Übergewicht, doch sind eigentlich die Flügel der Ursprung meiner Komplexe.

Natürlich habe ich schon allerhand Cremes ausprobiert um die Schmerzen, die ich vorgab zu haben, zu lindern. Man hat versucht die Flügel mit Salzwasserspritzen zu veröden, oder auch sie zu vereisen. Nichts half.

Doch immerhin habe ich zwischenzeitlich Freunde gefunden.
Constantin hatte zwar keinen genetischen Defekt, aber eine genau so traurige Geschichte als er zu uns in die 9. Klasse kam.

In der 8. Klasse war Constantin ein BMX-Rider gewesen und hatte in den Wiesen einer Parallelstraße unseres Vorortes mit einem Freund zwei turmhohe Hügel errichtet, wobei einer zum Anlauf und der andere Hügel als Schanze fungierte.
Ein Fußgänger der immer über jene Wiesen gegangen war, ging aus Interesse auf den scharfkantigen Hügel und zwar genau dann als Constantin anfuhr.
Der Fußgänger und Constantin erreichten die Spitze des Hügels gleichzeitig. Als Constantin ihn sah, verlor er das Gleichgewicht und stürzte fünf Meter in die Tiefe.
Trotz einem Helm und Schutzausrüstung ist Constantin nun von der Hüfte ab gelähmt.

Weil in der 9. Klasse das Alles so neu für ihn war, fand Constantin nur schwer Freunde. Ich glaubte ihm helfen zu können und sagte zu ihm:
„Nimm es nicht so schwer."
Er lächelte und sagte:
„Immerhin wurde ich nicht so geboren."

Ich verzieh ihm das was mich beleidigte und wir freundeten uns an.

Zu meinem 14. Geburtstag war Constantin als einziger Gast eingeladen. Er schenkte mir sein altes Fahrrad und sagte:
„Vielleicht lernst du ja fliegen, wenn du stürzt."
Meine Mutter fand das nicht nett. Doch ich verstand Constantin. Jungs waren selten nett, warum sollte gerade er es sein?

Wir wurden älter und zogen um den tristen grauen Wohnblock in dem ich lebe. Ich schob Constantin über den harten Asphalt, der ihn einst so verletzte. Wir lebten im gleichen Stadtteil, einer Plattenbausiedlung deren Ruf von Kriminalität strotzt und sich über die ganze Stadt erstreckt. Doch davon bekamen wir nur wenig mit. Wenn man offensichtlich behindert ist, werden einem keine Drogen angeboten und die wenigsten glauben dass sich ein Raubzug lohnt. Dabei waren meine Eltern sehr reich für diese Gegend. Mein Vater ist Ingenieur bei den Stadtwerken und meine Mutter Heilerziehungspflegerin. Bevor ich geboren wurde war sie Goldschmiedin, aber sie hat sich umgeschult. Wahrscheinlich aus Liebe zu mir, meine Mutter war stets sehr besorgt.

Einmal hatte ich mein Pausenbrot vergessen. Meine Mutter hatte es mir in die Schule gebracht und sich dann versteckt um zu beobachten, wie es mir in der Schule ergeht. Ich weiß das weil ich sie gesehen habe, zwischen den Büschen, ich habe einen scharfen Blick.
Meinen Vater hingegen sehe ich selten, er ist meist auf der Arbeit oder abends vor dem Fernseher. Er beschafft das Geld für unsere Familie und redet nicht viel. Von ihm habe ich die himmelblauen Augen und von meiner Mutter die blonden Haare.
Mein Vater hat kohlrabenschwarze Haare. Black and White könnte man also sagen, tatsächlich ergeben die Beiden aber eher so einen Grauton, der mich in meiner Zeit bei ihnen begleitete. Monotones Grau des Plattenbaus, langweilige Tage zwischen Schule, Hausaufgaben und Spaziergängen mit Constantin.

Das Alles sollte sich mit einem Tag ändern.

Erstes Kapitel

Die Abiturprüfungen standen an. Ich hatte jene Nervosität wie sie Schulabgängern zu eigen ist und genug gelernt.
Wieder traf ich mich mit Constantin zu einem Spaziergang.
Ich schickte ein Stoßgebet zum Himmel, die Prüfungen zu bestehen.

„Beten Engel auch?“, fragte Constantin und sah mich schief an. Constantin hatte blonde Haare und im Sonnenlicht damals schimmerten sie gold. Ich kann euch nicht verheimlichen, dass ich mich in Constantin über die Jahre hinweg verliebt hatte, doch ich traute mich nicht es zu sagen, es war meine erste Liebe.

Engel, das war der Spitzname den er mir gegeben hatte. Vermutlich war ich wie ein Engel für ihn, denn seit er gestürzt war, machten seine ehemaligen Freunde weniger mit ihm, teils mieden sie ihn sogar.
„Mit einem Rollstuhl lassen sich leider keine krassen Stunts machen.“, hatte er einmal gesagt.

Er liebte es sich mit seinem Rollstuhl auf die Hinterräder zu stellen. Doch er hatte Recht, richtig krasse Stunts gingen nicht.

Ich schob ihn über die Wiesen am Stadtrand, wie immer weit weg von dem Hügel, der ihn noch immer fast zum Weinen brachte und wir beobachteten wie Mutter Natur ihren Tanz aufführte. Wie der Wind die Gräser bewegte und der Mond die Dämmerung verkündete.
Ein Hase huschte übers Feld. Ich dachte an die kommenden Prüfungen und fragte Constantin:
„Hast du genug gelernt?"
„Du kennst mich.", antwortete er. „Ich muss nicht lernen."
Ich wusste dass Constantin nur im geheimen lernt, zugeben würde er das nie, dass sein Rollstuhl kaum andere Hobbies zuließ.

Er spielte gerne Klavier. Dort am Flügel vergaß er , so zu sein wie er ist und schwang sich mit den Melodien in ungeahnte Höhen. Er beherrschte es perfekt, als ich ihn einmal spielen hörte, glaubte ich, die Sonne geht am Tage auf. Ich vergaß alles um mich herum und ließ mich von der Musik in ferne Welten tragen.

Wenn Constantin so am Flügel saß, wirkte er beinahe wie ein Astronaut. Aber nur selten konnte ich lauschen. Seine Eltern waren sehr streng und duldeten keinen Damenbesuch. Ein paar Mal, da hatte er sturmfrei und er spielte mir vor. Ich wollte ihn dann gerne küssen, aber ich war so jung und mir fehlte der Mut.

Wir gingen um die Kurve und damit wieder auf die Hochhausblocks zu, die dort in der Ferne grau die Herrschaft des Asphalts verteidigten.

Doch plötzlich lagen wir die Kurve wieder zurück und ich sah noch einmal den Hasen, wie er übers Feld huschte. Hatte ich taggeträumt? War die Strecke, die wir gerade vermeintlich gegangen waren, ein Trugschluss der Sinne in meinem Kopf? Ich wusste es nicht, da sagte Constantin:
„Ich habe gerade so eine Art Deja-Vu."
„Ich auch.", sagte ich und spürte ein Zucken in meinem rechten Flügel.
Gemeinsam sahen wir uns an.
„Mir kommt es so vor, als seien wir das gerade eben schon einmal gelaufen.", sagte er.
Ich sagte nichts. Ich wollte so etwas fragen wie: Und jetzt? Verkniff es mir aber und ging weiter.

Nach einiger Zeit erreichten wir die Siedlung. Ich schob Constantin zu sich nach Hause und er sagte:
„Komm morgen pünktlich zum Test."
„Aber klar doch.", sagte ich, lachte und winkte. Seine Mutter holte ihn an der Tür ab.

Als ich nach Hause ging spürte ich ein zweites Mal dieses Zucken im rechten Flügel, wie ich es noch nie zuvor gespürt hatte. Aufgeregt legte ich mich schlafen.

Zweites Kapitel

Die Nacht verging als sei ich ein Roboter, den man nachts ausgeschaltet hatte. Ich schlief traumlos aber tief wie ein Murmeltier. Als der Wecker klingelte erwachte ich voll von Nervosität, die der Kaffee nur bestärkte.

Beinahe zitternd nahm ich die Mappe in die Hand und ging zur Schule.

Meine Schule war ein weiterer grauer Betonklotz in dieser Hölle aus Beton. Ein Fremder in meiner Gegend, hätte sie wohl kaum als Schule erkannt. Doch es war eben jener Betonklotz in dem ich Lesen, Schreiben und Rechnen gelernt hatte.
An diesem Tag sollte ich meine Abiturprüfung in Mathematik schreiben.
Ein Zucken ging durch beide meiner Flügel als ich das Tor passierte. Ich war angespannt, ging zur Tür und dann die Treppen nach oben zu den Prüfungsräumen.

Als ich den Raum betrat, waren alle Blicke auf mich gerichtet, doch niemand sagte ein Wort. Ich legte die Mappe ab und setzte mich.

Kurz darauf wurden die Tests ausgeteilt . Ich hatte viel gelernt, doch wusste ich nicht, ob ich mit der Nervosität noch alles zusammen bekommen würde. Ich hörte ein leises Knistern als die Blätter auf meinen Tisch gelegt wurden. Der Sekundenzeiger schien einmal zurück zu springen, bevor es 9:00 Uhr schlug. Die Prüfung hatte begonnen.

$x^2+y+16=18$

Die Aufgabe lag vor mir und ich wusste genau wie ich sie lösen musste, irgendwo im Hinterkopf hatte ich die Lösung.
Denk nach, komm schon denk nach, dachte ich und je mehr ich nachdachte umso angespannter wurde ich.
Meine Flügel zuckten drei Mal, ich dachte nach.
Meine Flügel zuckten vier Mal, ich dachte nach.
Ich dachte nach und meine Flügel zuckten.

„Sophia! Deine Flügel bewegen sich!," rief Constantin aus einer der hinteren Reihen.

Hektisch sah ich mich nach hinten um, um meine Flügel zu sehen, doch schon in diesem Moment zog mich eine Kraft nach oben und ich begann zu fliegen.

Aufregung machte sich im Raum breit.
„Sophia fliegt!“, „Sophia fliegt!“, rief es von allen Seiten her.
Ich flog bis zur Decke.
„Hören Sie auf damit!“, hörte ich den Lehrer brüllen.
Doch ich wusste weder wie ich das machte, noch wie ich es stoppen konnte. Ich spürte nur dass meine Flügel zuckten.

Plötzlich entspannte ich mich und fiel von der Decke herab auf den Boden.
Es ließ einen starken Schlag und alle lachten.
Schamrot lief ich an und rannte aus dem Raum.

Drittes Kapitel

„Wie lief die Prüfung?“, hörte ich meine Mutter rufen als ich heimkehrte.
Ich schlug wortlos meine Zimmertür zu. Dann setzte ich mich aufs Bett und versuchte erneut zu fliegen. Doch da war nichts, ich brachte die Flügel nicht zum schlagen.

Als ich meinen Rücken anspannte, funktionierte es plötzlich. Ein Zucken ging über Flügel und sogleich klebte ich an der Decke. Mit jedem Flügelschlag drückte es mich nach unten und wieder hinauf. Ich entspannte den Rücken wieder und fiel zurück auf mein Bett.

„Was machst du da drin? War es so schlimm?“, hörte ich meine Mutter rufen.
Doch ich hatte keine Zeit ihr zu antworten, ich musste die Landung lernen. Denn wenn ich einmal in großer Höhe sein sollte, dachte ich, ist der freie Fall der Tod.

Zunächst versuchte ich den Rücken langsamer zu entspannen, was dazu führte, dass sich die Flügel

langsamer bewegten. Doch bewegten sie sich zu langsam und ich stürzte ab.
Schließlich funktionierte der Trick, den Rücken kurzzeitig anzu- und anschließend zu entspannen. So landete ich weich und sanft auf meinen Füßen.

Ich beschloss die Flugstunde nach draußen zu verlegen und fragte mich, ob ich die Wolken wohl erreichen kann.

Schnell flog ich hoch hinauf. Wie ein wundersamer Vogel schlug ich die geaderten Flügel. Ich sah hunderte Vögel an mir vorbeiziehen und folgte ihnen frei nach Gemüt.
In luftigen Höhen lernt man frei zu sein.
Resigniert kehrte ich von den fliegenden Vögeln ab und schwang mich mutig höher zu den weißen Wolken auf.
Doch ist der Fall des Fluges List. Die Landung planst du, wenn du schlauer bist.
Ich landete weich auf einem grünen Feld, sah mich um, doch da war weit und breit kein Hochhaus mehr zu sehen.

Ich beschloss die Schritte zu zählen, die ich nun geflogen war. Soeben war ich immer zur Sonne hin geflogen, also musste ich jetzt von der Sonne weg.
Ich zählte Schritt 7600 und war etwa eine Stunde marschiert, als ich mich an einem Waldrand befand, wo, kurz vor den Tannen, ein Wegweiser angebracht war. Bis nach Milham, in meine Heimat waren es 50 Kilometer. Ich beschloss sie zu fliegen.

Und erneut schwang ich mich zu den weißen Wolken auf. Grüßte herzlich die Vögel und plante sorgfältig die Landung als ich die grauen Hochhäuser entfernt sah. Ich landete stockend auf dem harten Asphalt vor Constantins Haustür-Mein Flug war beendet, ich war am Leben und voller Freude es zu sein.

Von diesem Tag an konnte ich fliegen. Von diesem Tag an, sah ich die Welt von oben. Von diesem Tag an wusste ich darüber etwas ganz Besonderes zu sein.

Viertes Kapitel

Es war anstrengend zu fliegen, doch mit jedem Flug flog ich weiter. So erreichte ich bald die nächste größere Stadt, welche ich in meinem Leben bisher noch nie gesehen hatte.

Sie war nicht so grau wie die meine. Eher war sie bunt und farbenfroh. Es gab eine rote Eisenbahnbrücke, die über einen türkisblauen Fluss führte und es gab einen Wolkenkratzer in dessen Glas sich der Regenbogen in der Ferne spiegelte.

Ich kaufte mir einen Kaffee am Kiosk. Der Verkäufer war freundlich und nett, ein ganz anderer Menschenschlag als ich es von meiner Stadt gewohnt war. Hier war alles gut. Ich würde gerne dort leben, dachte ich mir. Aber das war nur Träumerei. Vermutlich sollte ich mein ganzes Leben in Milham verbringen. Was in der Gosse geboren, wird in der Gosse sterben, sagte mein Vater immer.

Und dann sah ich ihn. Er war nicht zu übersehen, denn sein Geweih überragte alle anderen

Passanten. Ich fasste allen Mut den ich hatte und stellte mich vor ihn hin, stoppte ihn und sprach ihn an. Er musterte mich mit aufgewecktem Blick.

„Kannst du mit den Dingern da fliegen?“, fragte er und deutete auf meine Flügel.
„Ja.“, sagte ich.
„Und ich habe nur so nen Scheiß zum Stoßen.“, sagte er ernüchtert.
Ich pustete auf meinen Kaffee, dann sagte ich: „Ich bin Sophia.“
„Nils.“, sagte er.

Sein Geweih trug zwei Achsen, die sich hoch über sein schmales Gesicht türmten.

„Hast du das schon immer?“, fragte ich.
„Das ist angeboren, ein genetischer Defekt.“, antwortete er.
„Wie bei mir.“, sagte ich und pustete den Kaffee, er schien nicht kälter zu werden.

Ein Passant blieb plötzlich stehen und fragte Nils geradeheraus:
„Bist du der Hirsch vom Jägermeister?“

Nils beugte sich wutentbrannt nach vorn und erfasste ihn mit seinem Geweih. Die Bierflasche des Passanten fiel mit ihm klirrend zu Boden und Nils rief ihm nach:
**** **** ****“
„
Beinahe wollte ich applaudieren, doch Nils Tonfall und der Kraftausdruck brachten mich zur Stille.

„Ich muss weiter.“, sagte ich, um der Situation zu entkommen.
Doch Nils bat mich zu warten, bat die Nummern auszutauschen.
„Ich habe noch nie jemanden getroffen, der so ähnlich ist wie ich.“, sagte er, während wir die Nummern tauschten.

„Wo warst du?“, fragte mich Constantin als ich nach Hause kam.
Ich erzählte ihm von der Nachbarstadt, erzählte ihm von Nils, doch Constantin unterbrach mich und sagte:
„Ich meine, wo warst du bei den Prüfungen?“
Die Prüfungen! Das hatte ich vergessen. Ich sagte:

„Die werde ich wohl nachschreiben müssen."
„Hast du denn eine Krankmeldung?", fragte Constantin.
„Nein.", antwortete ich.
„Dann kannst du auch nicht nachschreiben.", sagte er.
„Dann werde ich das Schuljahr wiederholen müssen.", sagte ich nüchtern.

Ich konnte fliegen jetzt, irgendwie war mir das Abitur egal.
Ich plante eine große Reise. Wenn ich nur einen Weg finden würde, wie ich Constantin mit mir nehmen könnte. Doch war er nun, wie früher meine Flügel, zu viel Ballast zum Fliegen.

Wir machten einen Spaziergang. Ich fragte: „Wie liefen die Prüfungen denn bei dir?"
„Gut.", sagte er. „Ich habe ein gutes Gefühl.
Tatsächlich bestand Constantin mit einem Numerus Clausus, während ich durch alle Prüfungen, wegen Nichterscheinens, fiel.

Nun hatte ich also kein Abitur in der Tasche und doch weit mehr Möglichkeiten als manch Anderer.

Fünftes Kapitel

Ich schnallte Constantin an, hob ihn an der Halterung des Rollstuhls und begann zu fliegen. Doch er war zu schwer und so schwebte ich nunmal nur wie ein Engel über ihm, der ihm nicht helfen konnte.
„Das geht nicht.“, sagte ich oben in der Luft.
Und hinter der Plattenbausiedlung sah man den roten Sonnenuntergang, es sah aus als sei die Erde in Blut gegossen.
„Tu dir keinen Zwang an.“, sagte Constantin.
„Flieg ohne mich.“
„Alles was ich brauche ist etwas mehr Kraft in den Flügeln.“, sagte ich und landete langsam. „Dann kann ich dich mitnehmen.“
„Nach Asien.“, fragte Constantin.
„Wohin du willst.“, sagte ich.

Zuvor hatte ich versucht rückwirkend einen Krankenschein zu bekommen, doch der Arzt sagte mir, dass das Fliegen keine anerkannte Krankheit sei und gab mir keinen. Mir sollte es egal sein, ich glaubte wer Fliegen kann, braucht kein Abitur.

„Was ist mit dir in letzter Zeit los?“, fragte meine Mutter als ich heimkehrte.
„Nichts.“, sagte ich und schloss die Zimmertür. Doch meine Mutter klopfte an und fragte erneut: „Was ist mit dir in letzter Zeit los? Die Schule hat angerufen, du warst nicht bei den Prüfungen. Du musst das Schuljahr wiederholen. Wo bist du denn die ganze Zeit über gewesen?“
Ich sagte nichts und ließ ihre Worte in der Stille verenden.

Meine Mutter würde sich nur noch mehr Sorgen machen, würde ich es ihr erzählen, dachte ich mir. Sie gab nicht auf. Wieder und wieder klopfte sie an meine Tür. Als ich schließlich öffnete, sagte ich ihr es ginge mir nicht gut und ich bräuchte etwas Zeit für mich. Sie zeigte Verständnis.
„Aber wenn du mal jemanden zum Reden brauchst, du weißt wo du mich findest.“, sagte sie.

Gerne hätte ich mit ihr über Nils gesprochen, aber da ging nicht. Ich hatte mich schon lange Zeit gefragt, ob es Menschen gibt, die ähnlich empfinden wie ich. Nun hatte ich eine solche Person getroffen.

Zum Abschlussball ging ich nicht. Ich vertrieb mir meine Zeit damit herumzufliegen. Hoch oben in den Lüften war ich frei und fern von dem grauen Beton. Mit jedem Tag wurde es normaler und mit jedem Tag stieg meine Kraft in den Flügeln.

Wir versuchten es noch einmal. Ich schnallte Constantin an und hob ihn samt Rollstuhl mit in die Lüfte. Weit kamen wir so nicht , gerade bis zu dem Ende unserer Siedlung, doch war es eine Frage von Wochen, bis ich ihn mit auf die Reise nehmen konnte.

Sechstes Kapitel

Ich musste Geld sparen und so verzichtete ich auf den Kaffee, wann immer die ich eine oder andere Stadt besuchte.
Schon bald hatte ich Fünfhundert, doch ich brauchte Tausend.
Weitere zehn Wochen später hatte ich es zusammen und Constantin und ich packten die Koffer.

Nach Spanien wollten wir zunächst fliegen. Dann weiter nach Asien oder Amerika, ganz so wie es Constantin entschied.

Der Flug war lang und anstrengend. Wir brauchten mit den Pausen gerechnet 14 Stunden und ich glaubte schon meine Kräfte verließen mich, als wir Barcelona erreichten.

Ich schob also erschöpft Constantin über die Rambla. Er konnte sich gar nicht satt sehen an den fremdartig wirkenden Fassaden der Häuser und dem himmelblauen Sonnenbad.

Ich genoss die Sonne und den strahlend blauen Himmel, als mich ein Mann anrempelte. Wie bei einem Deja-Vu erlebte ich dies zwei Mal. Beim zweiten Mal fiel mir auf, dass er nach meinem Portemonnaie griff.
Mein Reaktionsvermögen versagte nicht und ich flog dem Mann hinterher. Mir wurde erst bewusst, wie schnell er rannte, als wir den Plaza Catalunya erreichten. Ich hatte ihn eingeholt und versperrte ihm mit meiner Landung den Weg. Erst jetzt bemerkte ich die Pferdefüße, die seinen Unterleib zierten. Ich sagte:
„Her mit der Brieftasche!“

Doch er begann erneut zu rennen und ich verhinderte seine Flucht indem ich ihm ein Bein stellte. Er rollte sich auf dem Boden ab und dennoch kam er zum Liegen. Instinkitv griff ich nach der Brieftasche. Ich steckte sie ein und war glücklich darüber sie zurück zu haben.

Ich sagte nichts mehr und flog zurück über die Rambla um mit Adlerblick nach Constantin zu suchen. Es dauerte eine halbe Stunde bis ich ihn gefunden hatte.

Wir gingen etwas essen, danach schob ich ihn zum Hostel, in das wir uns einmieteten.

Als wir so auf dem Bett lagen, versuchte ich ohne meine Flügel zu fliegen.
Ich atmete tief ein, bevor ich sagte:
„Constantin, ich muss dir etwas sagen."
Er sah mich fragend an und ich nahm drei tiefe Atemzüge, da jemand meinen Mund schien verschweißt zu haben. Es brach aus mir hervor und mit klopfendem Herzen hörte ich mich selbst sagen:
„Ich liebe dich."
Ich sah ein dunkles Licht in Constantins Augen scheinen als er mich mit seinen Armen zog, um mich zu küssen.
Wir küssten uns lange und inständig, bist Constantin irgendwann sagte:
„Ich liebe dich auch."

Langsam begann ich ihn auszuziehen und stellte fest, dass das von dem ich mich immer gefragt hatte ob es gelähmt sei, nicht gelähmt war. Wir liebten uns die ganze Nacht über.

Als wir erwachten, lag ich in Constantins Armen und war glücklich wie nie zuvor. Gleichzeitig fragte ich mich ob die Kraft in meinen Flügeln für einen Flug nach Amerika ausreichen würde.

Wir blieben weitere drei Tage in Barcelona. Als Constantin mich bat weiterzuziehen, erklärte ich ihm, dass meine Kräfte dafür nicht ausreichen würden.
Er war leicht enttäuscht und bat darum die Reise anderweitig fortzusetzen.

So flog ich mit ihm nach Paris. Wir besichtigten den Eiffelturm und den Louvre.
Mit ihrer malerischen Art war die Stadt wie geschaffen für uns frisch Verliebte. Wir küssten uns und liebten uns wie zwei die sich gefunden hatten. Für immer? Das war die Frage die wir uns wohl beide stellten. Paris war teuer uns so blieben uns nach drei Tagen lediglich 200€ für dem Rest der Reise. Nach Ibiza sollte es gehen, um die Sonne noch einmal herauszufordern. Es war bereits August.

Es war der Flug übers Meer, der mich so erschöpfte, dass ich mich direkt im Hostel schlafen legte. Als ich aufwachte, war Constantin bereits wach und wir gingen in den Club. Constantin tanzte mit dem Rollstuhl und auch ich bewegte die Flügel im Takt. Es war unser erster Clubbesuch und die Stimmung zu den treibenden Beats riss uns mit sich.

Nach zwei Tagen war auch das restliche Geld verbraucht. Wir lagen mit all unseren Sachen am Strand und bereiteten und auf eine lange Heimreise vor. Nur die Sonne gab die Richtung vor, in die wir flogen. Milham lag im Nordosten und so mussten wir in die Richtung des Sonnenaufgangs entgegengesetzt der Sonne fliegen. Meine Kräfte waren zwar gestiegen, dennoch brauchten wir drei Pausen auf unserer Tagesreise.

Ich setzte Constantin vor seiner Haustür ab. Mit schweren Schritten ging ich nach Hause. Mein Verstand verlangte danach, das Erlebte in Träumen zu verarbeiten. Ich träumte von einem großen Vogel, der durch die Welt flog und sie beobachtete. Ich träumte davon die Reise fortzusetzen, doch hier war sie vorbei.

Siebtes Kapitel

Nach meiner Reise sah ich die Welt mit anderen Augen. Ich begann auf das Drängen meiner Mutter hin das neue Schuljahr. Die Menschen um mich herum kamen mir weniger gemein, weniger böse vor und ich hielt guten Kontakt zu den anderen Schülern.

Hin und wieder flog ich in die Nachbarstadt, um mich mit Nils zu treffen. Wir saßen dann dort am Fluss und tauschten uns aus, über das Erlebte mit unseren Besonderheiten.

Nils erzählte mir, dass er es nie einfach gehabt hätte im Umgang mit anderen Menschen. Teils lachten sie ihn sogar aus. Er wusste nur gut sich zu verteidigen mit der Stoßkraft seines Geweihs. Er sagte:
„Manchmal glaube ich, ich bin ein Alien oder so.“, und sah über den Fluss in die Ewigkeit.
Ich fragte:
„Glaubst du, es gibt einen Grund dass du geboren wurdest?“
Er sah mich an und sagte:

„Ich bin Buddhist. Manchmal glaube ich dass ich im vorherigen Leben viel positives Karma gesammelt habe und nun Superkräfte. An anderen Tagen glaube ich, es sei eine Strafe.“
Nun sah ich über den Fluss und dachte nach.
„Ich glaube es sind Superkräfte.“, sagte ich.
„Wenn ich mir dich so anschaue, glaube ich es auch.“
Ich lachte.
„Wieso?“, fragte ich.
„Du kannst fliegen. So wie Superman.“
„Ich bin Superman.“, scherzte ich.
Er lachte. Wenn ich mir Nils so ansah glaubte ich auch es gäbe einen Grund für unsere Geburt.
Ich sagte:
„In Barcelona gibt es einen Mann mit Pferdefüßen.“
„Ist er schnell?“, fragte Nils.
„Ja.“, sagte ich.
„Nun, wir wissen nicht wie viele es von uns auf der Welt wohl geben mag.“, sagte Nils und trank einen Schluck Kaffee.
Eine Zeit lang schwiegen wir, dann brach ich auf und flog zurück.

Der Gedanke, Superkräfte zu haben, blieb. Ich streckte den Arm beim Fliegen aus und dachte darüber nach, wie ich meine Fähigkeiten, den anderen Menschen zu Gute kommen lassen könnte.

Als ich landete fiel es mir wie Schuppen von den Augen.

Ich schrieb eine Kleinanzeige in die Zeitung:
„Junge Frau mit Flügeln bietet Hilfe an."

Dass ich fliegen kann, hatte sich im Viertel bereits herumgesprochen und ehe ich mich versah klingelte mein Telefon und ich rettete Katzen von Bäumen, holte verschossene Fußbälle von Dächern und flog den Einkauf alter Leute nach Hause. Ich besserte so mein Taschengeld auf und erlangte einen guten Ruf im Viertel. Man nannte mich die Flügelfrau.

Nun war ich erwachsen und ging dennoch zur Schule. Da ich den Stoff bereits im vorigen Jahr gelernt hatte, brauchte ich nicht viel zu lernen. Ich vertrieb mir die Zeit mit meinem Nebenjob oder ging mit den anderen Schülern Kaffee trinken.

Allles in allem war es ein leichtes Leben, als könne man Fliegen eben.

Doch es gibt Tage, da empfinde ich sie noch immer als Last auf meinem Rücken. Ich mag euch erzählen wieso, es begann mit einem Anruf.

Achtes Kapitel

Es war als hätte ich den ganzen Tag schon einmal erlebt.
Mein Telefon klingelte. Ich nahm ab und es meldete sich eine junge männliche Stimme:

„Spreche ich mit der Flügelfrau?“
„Ja.“, antwortete ich.
„Ich habe einen Auftrag für Sie.“
„Worum geht es?“
„Kommen Sie in die Königstraße um es zu besprechen.“, sagte er.

Also flog ich in die Königstraße und traf mich mit dem Mann, der mein Leben verändern sollte.
Er saß auf einer Parkbank und trug eine Glatze mit einem braunen Stoppelbart. Als er mich sah, stand er auf und stellte sich als Geordie vor.

„Worum geht es?“, fragte ich und strich mir durch die Haare.
„Sie liefern für uns Pakete aus.“, sagte er im rauesten Tonfall den ich je gehört hatte.
„Was für Pakete?“, fragte ich.

„Das geht Sie nichts an. Sie fliegen nur die Päckchen von A nach B.“
Ich atmete tief durch und sagte dann:
„Ich muss leider ablehnen. Wenn Sie mir nicht sagen wollen, was in den Paketen ist, werde ich sie nicht ausliefern.“
„Sie haben keine Wahl.“, sagte Geordie.
„Doch.“, sagte ich
Ich verabschiedete mich und flog zurück nach Hause. Noch ahnte ich nicht, welche Konsequenzen das für mich haben sollte..

Doch zunächst machte ich weiter meinen Job. Ich flog zum Supermarkt und trug Oma Hilde ihren Einkauf nach Hause.

Als ich nach Hause kam, standen sie schon da. Alle drei mit einer Pistole bewaffnet, bedrohten sie Constantin.
„Aufhören!“, schrie ich.
„Trag die Pakete!“, rief einer der Männer.
Doch ich flog über die Männer hinweg und griff nach Constantin. Ich hob ihn aus seinem Sitz und flog mit ihm durch die Wolken in den Wald.

„Mein Gott! Bist du verletzt?“, fragte und küsste ihn auf die Stirn.
„Nein.“, antwortete er. „Alles gut.“
Nach einiger Zeit fragte er:
„Wer waren die Männer?“
„Ich weiß es nicht.“, sagte ich.

Als ich mit ihm zurück flog, warteten die drei Männer noch immer vor der Tür.
„Trag die Pakete oder wir schießen!“, rief einer der Männer.
„Nein!“, rief ich.

Ein lauter Knall hallte durch die Dämmerung. Ich schloss die Augen, öffnete sie, begriff dass es ein Warnschuss gewesen war und rief:
„Also gut! Ich trage die Pakete!“

Neuntes Kapitel

Mein neuer Job bestand darin, Pakete von A nach B zu fliegen. Ich holte sie immer in der Königstraße ab und flog sie dann in einen anderen Stadtteil, manchmal sogar in eine andere Stadt, je nachdem wohin es mir gesagt wurde.

Natürlich fragte ich mich noch immer, was in den Paketen war, doch stand es unter strengstem Verbot sie zu öffnen.
„Wenn du sie öffnest, machen wir Probleme.“, hatte Geordie gesagt.
Eine Bezahlung erhielt ich nicht.

Ich hatte bereits überlegt zur Polizei zu gehen. Jedoch hatte ich zu viel Angst vor der Gewalt dieser Männer.

Dennoch traf ich eines Tages auf die Polizei. Sie hielten mich an als ich gerade gelandet war und fragten, was in dem Paket sei.
Ich zuckte die Schultern und sagte:
„Ich weiß es nicht.“

Die Polizei öffnete das Paket und hervor kame eine Maschinenpistole. Sie legten mir Handschellen an und fuhren mich aufs Revier.

„Von wem haben Sie das Paket?“, fragten sie mich dort.
“Von Geordie.”, antwortete ich und gab ihnen seine Telefonnummer.
Ich begann zu weinen und erzählte dass ich gezwungen worden war, die Pakete auszuliefern und dass ich nicht gewusst hätte, was sich in den Paketen befand.
„Es ist jetzt vorbei.“, sagten die Polizisten dann.

Meine Eltern erfuhren von meiner Gefangenschaft in der Kriminalität erst kurz vor der Gerichtsverhandlung.
„Was machst du nur für Sachen?“, fragte mein Vater dann.

Der Richter sagte, dass mich meine Unwissenheit nicht vor der Strafe schützt, ließ aber auf Grund der Umstände Milde walten. Er verurteilte mich zu 20 Sozialstunden. Geordie und seine Gang, sie alle wanderten in den Knast.

Weinend verließ ich den Gerichtssaal.
„Das nächste Mal erzählst du uns sowas.“, schimpfte meine Mutter.

Zehntes Kapitel

Meine Sozialstunden machte ich gemeinsam mit Lisa. Sie bestanden daraus Lisas Graffities zu entfernen. Von Mauern, Gebäuden oder Autobahnbrücken.
Lisa war sehr nett. Ich verstand mich gut mit ihr und wir lachten viel während wir den grauen Beton mit dem Hochdruckreiniger von den Farben befreiten.

Lisa hatte rot gefärbte Haare und als sie lachte, bemerkte ich den fehlenden Schneidezahn. Der sei ihr von einem Bahnsicherheitsbeamten ausgeschlagen worden, erzählte sie.

Sie staunte nicht schlecht als ich statt der Leiter meine Flügel benutzte.
„Mann.“, sagte sie dann. „Du bist ja wie gemacht um zu sprayen. Willst du nicht einmal mitkommen?“
Ich willigte ein.

Wir trafen uns noch am selben Abend in der Nähe eines Bahnhofs. Lisa und ihre Freunde trugen Sturmmasken und auch ich bekam eine aufgesetzt,

als wir zu den Abstellgleisen gingen. Der Absperrzaun ragte hoch über unsere Köpfe hinweg und war mit Stacheldraht gespickt. An der Grenze zur Mauer des Bahnhofs war eine Tür im Zaun angebracht.
„Die lässt sich nur von innen öffnen.“, sagte Lisa und deutete darauf.
Ich wusste was ich zu tun hatte und flog über den Zaun. Von innen öffnete ich die Tür.
Alle fünf strömten sie hinein und rannten zu den abgestellten Zügen. Lisa drückte mir eine Farbdose in die Hand und sagte:
„Wo ich hinzeige machst du Punkte, okay?“

Mit leisem Zischen legte sich Aerosolgeruch in die Luft. Ich sah Lisas Freunde den Zug anmalen und Lisa sagte:
„Hier!“, und deutete auf einen weiß umrandeten Punkt.
Ich drückte auf die Farbdose und mit leichtem Zischen entwich grüne Farbe.
„Stop!“, rief Lisa. Sie zeigte auf den nächsten Punkt und nach etwa zwanzig Minuten waren wir fertig. Wir hatten einen ganzen Waggon angemalt.

Aus der Entfernung machten wir ein Foto.

Das Bild das wir gemalt hatten, glich einer abstrakten Camouflage.

Am nächsten Tag schickte mir Nils ein Foto von dem fahrenden Waggon auf der roten Eisenbahnbrücke.
„Das sieht geil aus.“, schrieb er.
„Das ich mitgemalt.“, schrieb ich zurück.

Wir vereinbarten ein Treffen.

Elftes Kapitel

Ich wachte in Constantins Armen auf, schwänzte die Schule und flog stattdessen zu Nils.

Wieder setzten wir uns auf die Parkbank am Fluss in der Nähe der Eisdiele. Gegenüber, auf der anderen Seite des Flusses standen die Reihenhäuser und zu unserer Linken sahen wir die rote Eisenbahnbrücke.

„Und das hast wirklich du gemalt?“, fragte Nils.
„Nicht allein.“, sagte ich und nahm die Hand vor den Mund um zu gähnen.
„Erzähl.“, sagte er.
Also erzählte ich ihm die ganze Story von der Maschinenpistole, von der Gerichtsverhandlung und von Lisa. Ich erzählte ihm, wie ich über den Zaun flog und von den grünen Punkten.
„Weißt du, das würde ich auch gerne einmal machen. Glaubst du, du könntest mich mitnehmen?“, fragte er und warf einen Stein ins Wasser, das tat er manchmal.
„Ich müsste fragen.“, sagte ich.“ Kannst denn nach Milham kommen?“

„Das ist eine Stunde mit dem Zug. Das sollte ich schaffen.“, sagte er.
Ich warf einen Blick auf die Uhr und sagte:
„Ich muss los. Meine Sozialstunden.“

Nach dem Rückflug leistete ich meine Sozialstunden mit Lisa. Ich fragte:
„Kann ein Kumpel von mir nächstes Mal mitkommen?“
„Kann er den sprayen?“, fragte Lisa.
„Nein.“, sagte ich. „Ich glaube nicht, aber er hat ein Geweih zum Türen aufstoßen und so. Ich glaube er will lediglich mal mitkommen.“
„Ok.“, sagte Lisa und hielt den Hochdruckreiniger auf das Graffiti. „Ja er kann mitkommen. Morgen Abend?“

Ich holte Nils vom Bahnhof ab. Gemeinsam gingen wir zum Treffpunkt in der Innenstadt. Zwischen bunten Leuchtfassaden fand sich auf dem Boden ein Betonklotz mit Haken, eine Art Gullischacht.
„Wir brauchen jemanden mit viel Kraft um das zu öffnen.“, sagte Lisa.

Nils hakte mit seinem Geweih in den Haken und öffnete mit Hilfe der Hebelwirkung spielend leicht den Gullischacht.
Wir kletterten die sich darin befindende Leiter nach unten und gelangten zu einer hell erleuchtenden Stelle im Ú-Bahnschacht.

„Diesmal machst du vertikale Striche.“, sagte Lisa und drückte mir eine Farbdose in die Hand.
„Und du machst einen Kreis.“, sagte sie zu Nils und gab auch ihm eine Farbdose.
Wieder das Zischen. Wieder malte ich, wie Lisa es mir auftrug. Und auch Nils malte einen Kreis.
Währenddessen fuhr eine U-Bahn mit lautem Scheppern an uns vorbei.
Als wir fertig waren, betrachteten wir es aus der Entfernung.
OPEN YOUR EYES, stand dort in bunter Verzierung.

Zwölftes Kapitel

Als wir das dritte Mal sprayen gingen, besuchte wir meine Siedlung.
Ich flog auf das Dach eines Plattenbaus und ließ Seile herunter, sodass die Anderen daran hochklettern konnten. Als Nils, Lisa und ich ihre oben waren, fragte ich:
„Was malen wir heute?"
„Ein Herz.", sagte Lisa.

Sie gab uns eine rote Farbdose in die Hand und bedeutete uns alles was grau ist rot auszufüllen. Gesagt getan, nach einiger Zeit befand siche in Herz auf dem Sockel des Plattenbaus.

Doch ich fand noch etwas anderes interessant.
„Wohin führt diese Tür?", fragte ich und hielt den Türgriff.
„Find`s raus.", sagte Lisa

Ich öffnete die Tür und fand einen Raum vor, der voll war mit Fotos von Nils und mir. Von dem Mann mit den Pferdefüßen, sowie weiteren Menschen. Und wieder war es so als hätte ich alles schon einmal gesehen. Alles schon einmal erlebt.

In der Mitte des Raums lag eine Notiz mit einer Telefonnummer.
„Bitte melden.“, stand dort.

Dreizehntes Kapitel

Ich saß in der Schule und hatte die Notiz vor mir. Ich überlegte ob ich dort anrufen sollte . Steckte etwa Geordie dahinter?
Ich wusste es nicht und doch war eines sicher. Ich musste dort mit Nils gemeinsam anrufen.

So flog ich nach der Schule und den Sozialstunden zu Nils. Wir saßen am Fluss und hatten die Notiz vor uns.
„Meinst du, es ist eine gute Idee dort anzurufen?“, fragte Nils.
„Ich glaube diese Antwort haben wir erst, wenn wir es tun.“, sagte ich und tippte die Nummer in das Handy.

„Mia Landmeier?“, meldete sich eine Stimme.
„Hier ist Sophia.“, sagte ich.
„Ah Hallo, schön dass du Kontakt aufnimmst, ich habe von dir gehört dass du fliegen kannst. Ich selbst habe so etwas Ähnliches und habe da einige Informationen für dich, die dir weiterhelfen könnten. Wo bist du? Hast du Lust dich zu treffen?“

„Ich bin bei Nils.“, sagte ich. „Am Fluss in Oreo. Bei der Eisenbahnbrücke.“
„Ich wäre in etwa einer Stunde da.“, sagte Mia. „Habt ihr so lange Zeit?“
Ich schaute fragend zu Nils, er nickte.
„Ja.“, sagte ich.
„Dann bis in einer Stunde.“, sagte sie.

Eine Stunde später kam eine blond gelockte Frau auf uns zu und stellte sich als Mia vor.

„Wie hast du uns gefunden?“, fragte Nils.
„Ihr seit ja kaum zu übersehen.“, sagte sie und lächelte.
Nach einiger Zeit verlegenen Schweigens sagte Mia:
„Ich kann Hellsehen. In traumartigen Zuständen habe ich Eingebungen, die immer tatsächlich eintreffen. Sie sagen es sei Schizophrenie aber ich nenne es Hellsehen. Naja...“
Nils unterbrach sie und fragte:
„Warum sollte ich dir glauben?“
„Erinnerst du dich an den Raum mit den Fotos?“, fragte sie. „Wie sonst soll ich gewusst haben, dass ihr dort hinein geht?“
Nils sah mich fragend an.

„Die spinnt doch!“, sagte er. „Das ist eine Spinnerin die...“
„Ich glaube ihr.“, unterbrach ich ihn und wandte mich an sie.
„Was sind das für Infos von denen du erzählt hast?“, fragte ich.
„Nun, ich hatte einen Traum. Wie du, ich meine ihr, ich meine wir, gegen ihn kämpfen.“
„Gegen ihn?“, fragte ich.
„Gegen Elias.“, sagte Mia und zündete sich eine Zigarette an.
„Wer ist Elias?“, fragte ich.
„Elias besitzt Kräfte, so wie ich und ihr. Doch er missbraucht sie und je stärker er wird, desto mehr Schaden richtet er an.“, sagte sie und zog an der Zigarette.
„Und welche Kraft besitzt er?“, fragte ich.
„Er kann die Zeit verstellen.“, sagte sie.
„Ich glaube dir.“, sagte Nils da überraschend. Bisher beschränkt es sich auf Raum und Zeit. Doch bald schon wird seine Kraft über das Universum hinaus reichen. Nur gemeinsam können wir ihn stoppen.“ Sie schaute uns fragend an. „Helft ihr mit?“
Ich nickte und Nils tat es auch.

„Hier habe ich eine Liste von Personen. Ihr müsst die Personen finden und sie versammeln zum Kampf gegen das Böse.

Wir verabschiedeten uns und ich versprach mich sobald ich alle Personen gefunden hatte zu melden.

Auf der Liste waren sieben Personen:
-Sophia
-Nils
-Mia
-Stephan
-Constantin
-Maik
-Jana

Vierzehntes Kapitel

Leider waren auf der Liste keine Fotos oder Städte eingezeichnet, so dass unser einziger Anhaltspunkt der war, den Mann mit den Pferdefüßen in Barcelona wiederzufinden. Er war der einzige von dem wir wussten, wie er aussah und wo er lebte. Auch wenn wir noch nicht wussten wie er heißt.

Aus meinem Schuljahr wurde also nichts. Ich nur froh sein, meine Sozialstunden bereits abgeleistet zu haben, als ich Nils am Geweih griff und mit ihm nach Barcelona flog.

Der Flug fiel mir entsprechend leichter als beim ersten Mal. Meine Kräfte waren gestiegen und wir erreichten Barcelona ohne eine Pause gemacht zu haben.

Nils zahlte das Hostel und schon am selben Abend flog ich über die Rambla um nach dem Mann mit den Pferdefüßen zu suchen. Doch fand ich nicht einmal eine Spur.

„Kannst du Spanisch?“, fragte ich Nils.

„Yo pablo pocco espanol.“, sagte Nils und erzählte es in der Schule gehabt zu haben.
„Das ist gut.“, sagte ich. Denn als ich so im Bett lag, wusste ich plötzlich, wo wir zu suchen hatten.

Wir gingen am nächsten Tag auf die Polizeiwache und fragten nach einem Mann mit Pferdefüßen. Ich verstand kein Wort Spanisch das gesprochen wurde, aber als wir die Wache verließen, sagte Nils:
„Er heißt Stephan und sitzt im Gefängnis.“
„Weißt du in welchem?“
„Ja. Barcelona. Besuchszeit von 16-19 Uhr.“

Wir nahmen um uns besser zurecht zu finden, die U-Bahn Ich dachte daran, wie wir einst sprayen waren. Wir stiegen aus und fanden das Gefängnis. Wir fragten nach Stephan Bolcic und wenig später fanden wir uns dem Mann mit den Pferdefüßen im Besuchsraum gegenüber.
Er fragte, wer wir sind.

„Ich bin Sophia und das ist Nils.“, sagte ich und zeigte erst auf mich und dann auf Nils. „Wir haben dich gesucht, da du auf der Liste stehst. Wir such

außerdem nach Maik und Jana, kennst du sie vielleicht?“
„Ich kenne Maik.“, sagte er. „Aber ich werde nichts erzählen, wenn ich nicht etwas dafür bekomme.“, sagte er.
„Wir werden dich befreien, wenn du unszu ihm führst.“, sagte Nils.
„Einverstanden, erst die Befreiung, dann helfe ich euch.“, sagte er.
„Wo genau ist deine Zelle?“, fragte ich.

Fünfzehntes Kapitel

In der Nacht, als Dunkelheit obsiegte flogen Nils und ich über die Gefängnismauer, bis hin zu Stephans Zelle.
Nils stieß mit seinem Geweih gegen das Gitter und es ließ einen lauten Schlag, doch war das Gitter noch immer fest vor der Zelle.
„Wir müssen es heraus reißen.“, sagte Nils und hakte sich mit seinem Geweih fest. Ich zog mit aller Kraft, bis der Widerstand nachgab und Nils schüttelte das Gitter aus dem Geweih.

Ich flog zurück zu dem Fenster durch das Stephan kroch und Nils gab ihm die Hand. Schließlich flogen wir alle drei zum Stadtrand hin und als wir landeten, sagte Stephan:
„Vielen Dank.“
„Bitte.“, sagte ich und fragte: „Wo ist Maik?“
„Maik ist in Kopenhagen.“, sagte Stephan und zündete sich eine Zigarette an. „Er gibt Zaubershows, weil er Dinge verschwinden lassen kann. Es ist dieser Maik den ihr sucht, richtig?“ Er musterte uns von oben bis unten.

Wir erzählten ihm von Mia und erklärten ihm, er müsse mit nach Milham kommen um gegen das Böse zu kämpfen. Er sagte daraufhin:
„Besser ich komme gleich mit. In Barcelona suchen sie nach mir.“
Der Rauch seiner Zigarette spielte dabei um seinen Stoppelbart.

Ich erklärte dass ich so viel Last nicht bis nach Kopenhagen tragen könne und er sagte:
„Kein Problem, ich habe ein Auto.“

In einen roten Fiat gequetscht nahmen wir die Autobahnauffahrt und fuhren konsequent nach Norden. Die Fahrt kam mir lang und ewig vor, beinahe sogar anstrengender als der Flug nach Barcelona.

Wir erreichten Christiania. Hier trat Maik alias Mr. Magic heute live auf der Bühne auf.
Die Show war recht simpel. Maik nahm einen Gegenstand oder ein Tier, wie einen Stuhl, eine Katze oder einen Hund, legte ein Tuch darüber und ließ es verschwinden.
Alle applaudierten und wir taten es mit.

Nach der Show sucht wir Maik auf und erklärten ihm den Sachverhalt. Er sagte:
„Dann kommt es nicht nur mir so vor, als ob die Zeit verrückt spielt?"
„Nein.", sagten wir im Chor.
„Und ihr braucht mich um es zu stoppen?", fragte er und wischte sich den Schweiß von der Stirn.
„Nur gemeinsam können wir es schaffen.", sagte ich. „Außerdem müssen wir wissen, wo Jana ist.
„Aber ich kenne keine Jana.", sagte Maik.
„Könntest du mit uns nach Milham kommen?", fragte ich.
„Da müsste ich meine Shows absagen.", sagte er.
„Wir alle verzichten auf unsere Verpflichtungen. Das Universum ist in Gefahr."
„Also gut, ich komme mit.", sagte er.

Der Platz im roten Fiat wurde enger und ich freute mich bereits darauf, das Heimweh zu heilen.

Sechzehntes Kapitel

In Milham angekommen, rief ich Mia an.

„Ja?“, ging sie ans Telefon.
„Wir haben Jana nicht gefunden.“, sagte ich. „Alle anderen sind jetzt in Milham. Wir sind in der Innenstadt.“
„Ich komme.“, sagte sie.

Wenig später stand sie vor uns und sagte:
„Wie schön, dass ihr alle hier seid. Mit vereinigten Kräften sind wir stärker und doch nützen all unsere Kräfte nichts ohne Jana. Nur sie kann seine Kräfte negieren. Sonst kann er die Zeit immer zurück drehen, so dass wir ihn nicht einmal erreichen. Wir müssen sie finden.“

Doch wie? Diese Frage stand im Raum, da fragte Mia.
„Und wo ist Constantin?“
Constantin hatten wir vergessen. Ich sagte:
„Ich hole ihn.

Ich flog zu Constantins Haus, klingelte und bat ihn mit in die Innenstadt zu kommen. Er willigte ein und so flog ich ihn zu unserer Versammlung der Superkräfte.

„Wir suchen eine Perosn, doch haben keinen Anhaltspunkt, wo sie ist.“, fasste ich das Dilemma zusammen.
„Facebook?“, fragte Constantin recht trocken.
Mia sagte:
„Such nach Jana Hantelmann.“
Es dauerte einige Zeit bis Constantin die Buchstaben in sein Smartphone getippt hatte, doch nach einer Weile sagte er:
„Sie lebt in Stuttgart. Sie arbeitet bei der Zeitung.“
„Und weiß wahrhscheinlich nichts von ihren Kräften.“, sagte Mia. „Wie soll sie es auch wissen.?“
„Ich fliege und hole sie.“, sagte ich.
„Moment!“, sagte Constantin. „Wenn ich alle Superkräfte habt. Welche Fähigkeit habe ich dann?“
Fragend sahen wir Mia an. Sie zuckte mit den Schultern und sagte:
„Los jetzt!Wir dürfen keine Zeit verlieren.“

Siebzehntes Kapitel

Ich flog ohne Ballast und ohne Unterbrechung über Nacht nach Stuttgart. Bei der Zeitung landete ich am Morgen und fragte nach Jana Hantelmann.

Ich fand heraus, dass sie Zustellerin ist und musste bis zum Mittag warten um sie anzutreffen.
Als das Auto hielt, sah ich sie. Sie war die einzige Frau unter Männern. Und trug die leeren Kisten aus dem Wagen.

Ich ging auf ise zu und fragte:
„Hast du manchmal das Gefühl anders zu sein, Jana?“
„Wer sind Sie?“, fragte sie und sah mich verwundert an.
Ihre schwarzen Haare hatten einen bläulichen Stich und waren offenbar gefärbt.
Ich sagte;
„Ich bin Sophia. Ich weiß wie es ist anders zu sein, du musst jetzt mit mir mitkommen.“
„Wohin? Wieso? Ich komme nicht mit.“, sagte sie.
„Es ist wichtig. Wir müssen das Universum retten. Siehst du meine Flügel? Vertrau mir!“, sagte ich und gab beinahe die Hoffnung auf , sie

umstimmen zu können. „Du musst mit mir nach Milham.“
„Nach Milham? Wo ist das denn?“, fragte sie.
„Es ist weit von hier. Du hast übermenschliche Kräfte Jana. Du kannst Kräfte negieren...“
„Wie Magneten zum Beispiel? Ja das weiß ich. Ich kann damit aber nichts anfangen.“, unterbrach sie mich.
„Doch! Deine Zeit ist gekommen. Komm mit mir mit und ich erkläre dir alles. Vertrau mir, wir haben keine Zeit.“
Sie sah sich um und schien zu überlegen. Eine ganze Zeit lang, dann sagte sie:
„Wie lange werde ich weg sein?“
„Das kann ich dir nicht sagen.“, antwortete ich.
„Länger als einen Tag?“
„Ja.“
„Ich brauche meine Sachen.“, sagte sie.
Ich flog Jana zu sich nach Hause, wo sie ihre Sachen packte.

Jana war klein und dünn. Nach der Last von zwei Männern, war es wie ein Kinderspiel für mich, sie nach Milham zu bringen.

Ich war einen Tag lang weg gewesen und nun rief ich erneut Mia an.

„Wo seid ihr?“, fragte ich.
„Wir haben uns bei mir verschanzt.“, sagte sie und fuhr fort. „Ihr könnt gerne dazu kommen.

So machten wir das auch und schon bald fanden wir uns in Mias Haus wieder. Alle sieben zusammen passten wir gerade so ins Wohnzimmer und Mia begann Jana aufzuklären, über unseren gemeinsamen Feind und über ihre Rolle in diesem Drama. Jana schien aufzuwachen. Ihre Augen schienen dunkel wie die Nacht.

Achtzehntes Kapitel

Am nächsten Morgen begannen wir den Plan zu schmieden. Uns wurde klar, dass wir über unseren Feind nicht sehr viel wussten. Wir wussten nur, dass er die Zeit beeinflussen konnte und dass seine Kräfte stetig steigen.

Wir wussten nicht, wo er arbeitet, wo er sich aufhält, oder wie er aussieht.

„Da hilft auch Facebook nicht.“, sagte Constantin.

Ich weiß noch dass Mia in eine Art Trance verfiel. Sie murmelte und schloss die Augen. Und als sie sie wieder öffnete, schoss es aus ihr heraus:
„Im Glockenturm. Er arbeitet im Glockenturm des Rathauses.“

So gingen wir alle sieben zum Rathaus und warteten auf dem Platz bis die Glocke schlug. Ein Glockenspiel spielte zur Mittagsstunde eine herzzerreißende Melodie.

„Das läuft alles über den Computer.“, sagte Nils.
„Er wird Wartungsarbeiten verrichten. Wir

warteten Stunde um Stunde, doch schlug es Stunde um Stunde zu Mittag.
„Kannst du seine Kraft nicht negieren?“, fragte ich Jana.
„Das geht nur wenn ich ihn sehe.“, antwortete sie.
„Das heißt wir müssen dort rein.“, sagte Nils, doch als er losging, war er Sekundenbruchteile später wieder da, ohne das Ziel erreicht zu haben.
„Das heißt er sieht uns und spielt mit der Zeit, wie es ihm beliebt.“, sagte Maik.
„Ich müsste nur schneller sein..“, sagte Nils.
Da sagte Stephan.
„Ich trage dich. Spreng du die Tür auf.
Und Stephan nahm Nils Huckepack und rannte mit ihm auf die Tür zu, Er war schnell genug und Nils brach mit seinem Geweih die Tür auf.

Da stand er. Wir alle sahen ihn. Jana sah ihn und negierte seine Kraft.
Er sah auf die Uhr. Er war sehr hübsch mit raspelkurzen Haaren und sehnigen Muskeln bepackt.
Nils wollte ihn mit seinem Geweih stoßen, doch Elias sprang nach oben und und hielt sich an einer Planke über Nils fest. Nils brach mit seinem Geweih durch die Holzwand und blieb darin

stecken. Stephan gelang es umzukehren und zu uns zurück zu rennen.

„Seid ihr töricht? Ich bin Elias!“, und al er das rief begannen die Zeiger aller Uhren rückwärts zu wirbeln.
„Sorry, hab nur kurz weggeschaut.“, sagte Jana und richtete ihren Blick zurück auf Elias.
„Bleibt nur, das ist jetzt mein Job. Ich lasse ihn verschwinden.“, sagte Maik und er ging langsam auf den Glockenturm zu.

Doch Elias rannte die Treppe nach oben, wieder begannen die Zeiger der Uhren im Rückwärtsgang zu wirbeln und als er schließlich oben aus dem Fenster sah, rief er:
„Es ist die Zeit! Ihr seid zu spät! Ich bin zu Stark für euch Sklaven der Uhr!“
Jana sagte: „Ich kann es nicht mehr lange halten. Er ist zu stark.“
„Dann liegt es an mir.“, sagte ich und flog mit Maik zusammen nach oben, als die Zeit um mich herum stehen blieb. So schwebten wir nun in der Luft wie ein Kolibri ohne einen Flügelschlag und mussten mit ansehen, wie Elias stärker und stärker wurde.

Es war Constantin, der letztendlich zu seinen Kräften fand. Er stand auf und ging, während Elias seine Kräfte auf mich und Maik richtete, den Glockenturm nach oben um Elias von hinten zu überwältigen. Beide stürzten sie in die Tiefe in den Tod. Ein letztes Mal erklang das Glockenspiel zum Mittag für diesen Tag und nie hatte ich eine traurigere Melodie darin gehört.

Neunzehntes Kapitel

Maik ließ der Öffentlichkeit wegen, beide Leichen verschwinden.

Ich frage mich nur war es Gott oder Schicksal, der Constantin diese Superkräfte verlieh, und damit meine ich seinen Mut bis in den Tod hinein.

War es ein reiner Zufall der genetischen Lotterie, der uns zusammen brachte, oder war es etwas tieferes als das Weltall? War es Gott?

Mein bester Freund ist für immer verschwunden und ich werde ihn für immer vermissen. Doch was heißt schon für immer? Unsere Seelen sind vielleicht für immer. Vielleicht sind sie auch nur mehrere Leben lang.

Ich wünschte mir eine Beerdigung für meine große Liebe. Doch was sind schon Wünsche? Constantin wünschte sich vielleicht noch am Leben zu sein. Doch größer war sein Mut.

Zwanzigstes Kapitel

Nachdem wir unsere Aufgabe erledigt hatten, trennten sich unsere Wege.

Maik fuhr zurück nach Kopenhagen um weiter seine Zaubershows aufzuführen.

Jana hatte ihren Job bei der Zeitung verloren, fand jedoch in Milham eine neue Anstellung als Bedienung.

Mia lebte weiter das Leben einer geistig Kranken, sie lebte ihr ganzes Leben in der Psychiatrie.

Was aus Stephan geworden ist, weiß ich nicht. Er war einfach weggerannt und man hatte ihn nie wieder gesehen.

Nils und ich, wir gingen weiter sprayen, mit unseren Superkräften öffneten wir uns Türen zu Leinwänden, von denen andere Sprayer nur zu träumen wagten. Lisa war natürlich auch immer mit dabei.

So kletterten wir auf die Fassaden und versprühten die Botschaft Hoffnung mit unserer Message HOPE, farbig auf allen Wänden, das taten wir bis wir schließlich alt wurden.

Einundzwanzigstes Kapitel

Mittlerweile bin ich 74 Jahre alt. In meinen Flügeln ist kaum noch Kraft zu fliegen, gerade noch genug um sie zu bewegen.

Ich habe noch immer kein Abitur. Keine Ausbildung. Aber ich hatte ein schönes Leben.

All das, was ich euch erzählt habe ist lange her, doch so ist es eben mit der Zeit, sie ist wie verhext. Auch wenn Elias längst tot ist.

Ich hoffe nur ich konnte euch näher bringen, das jeder Superkräfte besitzt, der mutig genug ist etwas auszuprobieren.

Ende

ISBN 978-3-7531-0292-4
00001
9 783753 102924
www.epubli.de